Simplemente
yo

Jaume Copons
Mercè Galí

COMBEL

YO NUNCA TENGO SUEÑO.
POR ESO, CUANDO LLEGA LA HORA
DE ACOSTARSE, SIEMPRE JUEGO
A DISFRAZARME...

¡Y POR ESO TENGO
TANTOS DISFRACES!

ME GUSTA DISFRAZARME

DE SUPERHÉROE BONDADOSO...

ME GUSTA DISFRAZARME DE MONSTRUO TERRIBLE...

¡A

Y ASUSTAR A MI ABUELA.

¡BUM!
¡BUM!
¡BUM!

33

ME GUSTA DISFRAZARME DE MÉDICO...

Y CURAR A PAPÁ.

¿NO TIENES SUEÑO?

NO, ¡NUNCA TENGO SUEÑO!

¡AY, AY, AY!

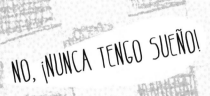

ME GUSTA DISFRAZARME DE JUGADOR DE FÚTBOL...

Y METERLE UN GOL A MAMÁ.

ME GUSTA DISFRAZARME DE COCINERO...

Y PREPARAR LA COMIDA DE LA FAMILIA.

ME GUSTA DISFRAZARME DE MAGO...

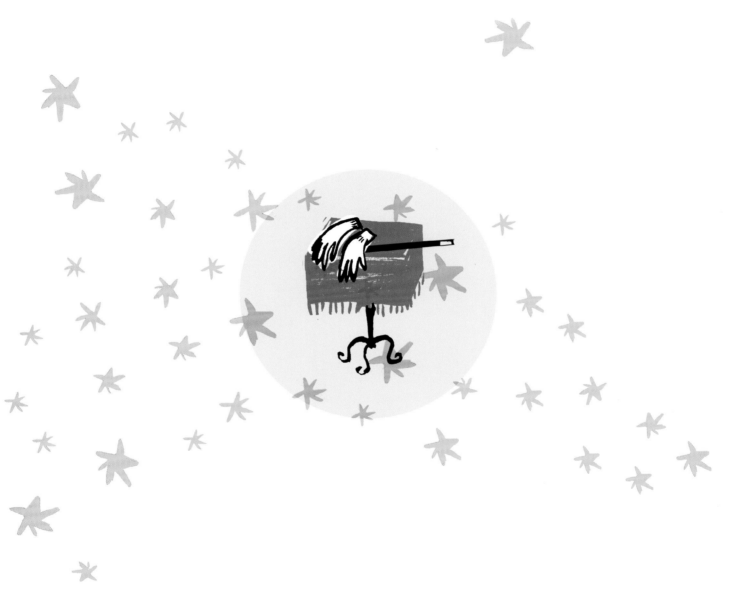

Y HACER TRUCOS DE MAGIA CON MI PERRO.

¿QUÉ? ¿AÚN NO TIENES SUEÑO?

EL BUEN MAGO

NO, ¡NUNCA TENGO SUEÑO!

¡GUAU! ¡GUAU!

ME GUSTA DISFRAZARME DE LADRÓN...

ME GUSTA DISFRAZARME DE PILOTO...

Y VIAJAR ENTRE LOS ASTROS.

A TODOS EN CASA LES GUSTAN MUCHO MIS DISFRACES...

PERO CREO QUE HAY UNA COSA
QUE TODAVÍA LES GUSTA MÁS.

LO QUE MÁS LES GUSTA
ES QUE YO SEA SIMPLEMENTE YO.

© 2017, Jaume Copons por el texto
© 2017, Mercè Galí por las ilustraciones
Coordinación de la colección: Noemí Mercadé
Diseño gráfico: Bassa & Trias
© 2017, Combel Editorial, SA
Casp, 79 – 08013 Barcelona
Tel.: 902 107 007
combeleditorial.com

Primera edición: febrero de 2017
ISBN: 978-84-9101-228-3
Depósito legal: B-481-2017
Printed in Spain
Impreso en Índice, SL
Fluvià, 81-87 – 08019 Barcelona

Títulos de la colección